DURANTE UN DÍA Y UNA NOCHE DEL AÑO 11 DE LA ERA TENSHO (1583),
UN BARCO ESPAÑOL ARDIÓ EN EL MAR INTERIOR.
MATAZAEMON URAKAMI, EL JEFE DE LAS FUERZAS NAVALES DE URAKAMI, EN EL BARCO SUMIDO EN EL CAOS,
PEN-SABA EN SI PODRÍA SALVAR AL MENOS A SU HIJA ...
EL PADRE FLORIS
DESCRIBÍA AQUELLA SITUACIÓN
EN SU DIARIO.

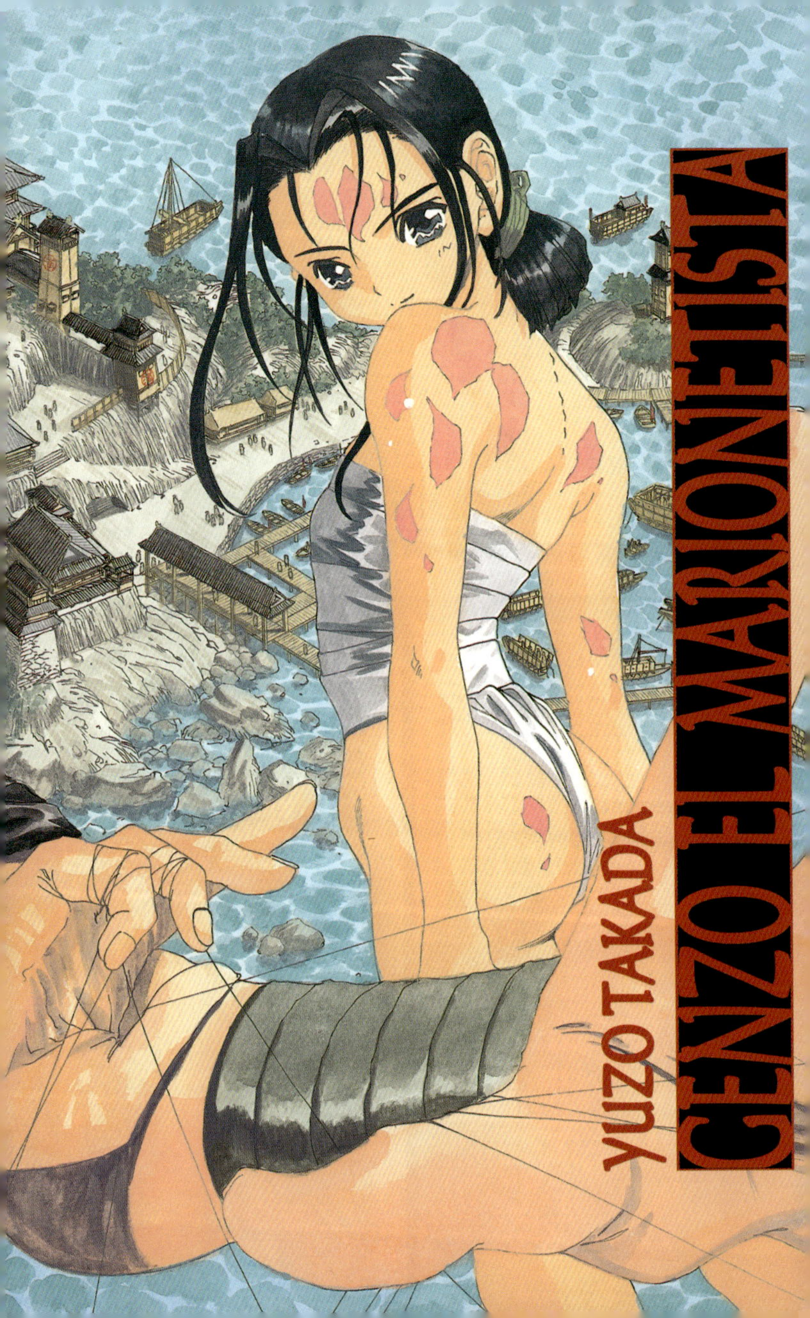
GENZO EL MARIONETISTA
YUZO TAKADA

1ª parte
EL TESORO ESCONDIDO
DESAPARECIDO
DONDE EL MARIONETISTA BUSCA
EL TESORO ESCONDIDO DE LA MARINA
Relato del Marionetista 8

PRINCESA KIKU

UN DÍA DEL AÑO 5 DE LA ERA BUNROKU (PRIMER AÑO DE LA ERA KEICHO: 1596).

¡AL LADRÓN!
¡AAUUH!
¡ESPERAA!
...

¡VAYA! SÍ QUE SOIS RICOS LOS JÓVENES.
SI TIENES DEMASIADA PLATA TE ARRUINA-RÁS.
¿POR QUÉ NO LE DAS UNA LIMOSNA A ESTE VIEJO CHOCHO?
JIA, JIA, JIA.
LOS JÓVENES QUE APRECIAN A LOS VIEJOS CONSEJEROS SE AYUDAN A SÍ MISMOS.
JU
QUIERO PASAR A ESA ISLA,
¿HAY ALGUNA BARCA?
EN EL MAR INTERIOR HAY TANTAS ISLAS COMO ESTRELLAS EN EL UNI-VERSO,
¡¿A QUÉ ISLA TE REFIERES, JOVEN?!

A LA ISLA UOTO.
VOY A DEVOLVERLE ESTA PLATA A SUGOROKU TSUKUDA, QUE VIVE ALLÍ.
¡¿SUGOROKU TSUKUDA?!
PERTENECIÓ A LA TRIPULACIÓN DEL ANTIGUO EJÉRCITO NAVAL DE URAKAMI, ¿NO?
¿VAS A DARLE LA PLATA A ESE HOMBRE...? ¿QUIÉN DEMONIOS ERES?
¡EH, TÚ, ESPERA, MALDITO LADRÓN!
TAP TAP TAP TAP TAP
...
¡AUUUUH!

¡COMO TE COJAMOS, TE TIRAMOS AL MAR ENROLLADO EN UNA ESTERA!
¡AUUUUH!
¡MALDITO!
ZLISH
TAC
ÑAM
JE, JE. ♥
TONK
¡¿QUÉ ES ESO, UN MONO?!
¡SEA LO QUE SEA, VAMOS A POR ÉL!

FIUUU
¡JA, JA!
¡EH!
PLAS
PLAS
PLAF
FIUU
FIUU
BUMP
¡OH!
¡UAAAAGH!
...
TUMMB
¿QUÉ DIABLOS ES?
¿UN SER SAL-VAJE?

¡DA IGUAL, COJÁMOSLO!
¡¡SÍ!! ¡¡A LOS QUE NOS ROBAN LAS COSAS DE LA PLAYA, LOS DEJAMOS MEDIO MUERTOS!!
EY,
...ESPERAD.
DRING
DRING
LES SUPLICO HUMILDEMENTE QUE PERDONEN LA INSOLENCIA DE ESTA PERSONA.
ZIS
YA QUE NO TENGO MONEDAS NI NADA PARECIDO,
PARA EXCUSAR LO DEL PESCADO, LES RUEGO QUE ACEPTEN ESTE SACO DE BONIATOS ENCURTIDOS.

ÑAM
PLAF
PLAF
¡¿QUIÉN TE HA DICHO QUE TE LO PUEDES COMER TÚ, ATONTADA?!
VAMOS, LEVANTEN ESE CORAZÓN...
¡E-ES UN ESPÍRITU!
¡UN MONSTRUO!
FIUU
¿EH?

RAS RAS
¡EH, OÍD!
¡ME RINDO!
¡UAAAAH!
¡JE, JE, JE!
¡QUÉ GRACIOSO!
¡ESOS JÓVENES SE HAN QUEDADO PETRIFICADOS!
¡MENUDO ESPECTÁCULO ME HAS OFRECIDO!

YO OS LLEVARÉ HASTA LA ISLA,
Y NADA DE CUMPLI- MIENTOS.
SE LO AGRADEZCO, ABUELO, PERO ¿USTED SOLO PODRÁ?
LAS CORRIENTES DEL MAR INTERIOR A VECES SON COMPLICADAS.
SÓLO ES NECESARIO SABER INTERPRETAR LAS CORRIENTES, NO IMPORTA SI LA FUERZA ES POCA.
LOS TONTOS QUE NO SABEN INTERPRE- TAR LAS CORRIEN- TES
MALGASTAN SUS FUERZAS INÚTILMENTE Y ACABAN SIENDO LLEVADOS A LU- GARES INDE- SEADOS.
SE PARECE UN POCO A LA VIDA.
ES LA PRIMERA VEZ QUE TE VEO, PERO HE OÍDO HA- BLAR DE TI.
ERES MARIO- NETISTA, ¿NO?

A VECES,
SON MUÑECOS QUE PARECEN SERES HUMANOS DE VERDAD,
OTRAS VECES SON MUÑECOS ESPANTOSOS QUE UNO JAMÁS PENSARÍA QUE SON DE ESTE MUNDO.
PENSABA EN SI LOS HARÍAS TÚ,
Y VEO QUE ERES UN MAGO QUE LOS MANEJA DE FORMA SORPRENDENTE.
HE VISTO QUE TIENES UNA DESTREZA NOTABLE.
HUM, ES ABURRIDO.
NO ES NADA ESPECIAL ...
ZUOM
ZUOM
ZUOM
ZUOM
ZUOM

¿QUÉ ASUNTO OS TRAE A LA ISLA...
...DE LA FAMILIA URAKA-MI?

URA
URA
¡ANCIANO DE LA PLAYA MALDITA,
CUANDO SALGAS A NAVEGAR, IZA LA BANDERA DEL BARCO!
LO LAMENTO MUCHO, SR. TSUKUDA.
!

SE TRATA DE UNA VISITA PARA SU PADRE Y ME APRESURÉ...
¿UNA VISITA PARA MI PADRE?
QUÉDATE TRANQUILO, JOVEN...
ESE HOMBRE ES EL HIJO DEL SR. SUGOROKU TSUKUDA,
CHIYOMARU TSUKUDA.
CON TAN SÓLO 15 AÑOS, ES EL JOVEN JEFE DE LOS GUARDIANES DE LA ISLA,
UN HOMBRE DE MAR QUE CONOCE EL MAR INTERIOR A FONDO.
UN HOMBRE...
¿QUÉ QUIERE DE MI PADRE?
...
HE DE HABLAR CON ÉL EN PERSONA.
...

DE ACUERDO.
SIN EMBARGO, EN ESTA ISLA HAY ALGUIEN QUE ATACA A LAS HIJAS CASADERAS.
SERÍA MEJOR QUE ESA MUCHACHA NO ENTRARA EN LA ISLA.
NO SE PREOCUPE.
JI, JI.
¡¿QUÉ LE HACE TANTA GRACIA?! ¡¿QUIERE BURLARSE DE MÍ?!
FRASH
SLASH
¡AAH!

BASTA, CHIYOMARU.
SRA. KURUSU.

NO SABÍA QUE LA SRA. KURUSU, JEFA DE LA FAMILIA URAKAMI, ESTABA A BORDO.
¡LE RUEGO QUE DIS-CULPE MI INSOLEN-CIA!
BIEN.
SI QUERÉIS VENIR A MI ISLA, HACEDLO.
PERO NO RESPONDO DE VUESTRA VIDA.
JU, JU, JU, JU.

BAJA HARIMA,
EN INUYAMA.
¡¿LA ISLA DE UOTO EN EL MAR INTERIOR?!
SÍ... SE FUE HACE CUATRO DÍAS CON OTSURU.
¡YO NO SABÍA NADA!
¡Y ME HA DEJADO SOLA, POBRE DE MÍ, QUE TRABAJO DÍA Y NOCHE!
¡¿QUÉ HA IDO A HACER ESE IDIOTA?!

VERÁ, HACE SIETE DÍAS,
"YA QUE HABÍA SALIDO A RECOGER PLANTAS COMESTIBLES DEL BOSQUE, ME ACERQUÉ A LA CABAÑA DE GENZO Y..."
ENTRÉGUELE ESTO A GENZO TSUJIMURA.
¿CÓMO?
SE LO RUEGO.
BIEN ...
AQUELLO ERA UN ENCARGO DE SUGOROKU TSUKUDA, DE LA ISLA DE UOTO, PARA QUE LE HICIERA UN MUÑECO DE SU HIJO CHIYOMARU,
Y LA PLATA ERA EL PAGO DEL ENCARGO.

GENZO NO HARÍA EL MUÑECO DEL HIJO DE UN SAMURÁI.
EXAC-TAMEN-TE.
VOY A DEVOLVER ESTA PLATA Y A RECHA-ZAR EL EN-CARGO.
DÍSELO A LA PRIN-CESA KIKU.
VALE.
Y...
BLINK
O SEA,
QUE ESTÁ ESPERANDO QUE VAYA TRAS ÉL.
¡UNAS DULCES VACACIONES EN UNA ISLA Y EN EL MAR AZUL!
BÉSA-ME.
AH, HOLA.
JU, JU, JU.

¡TRAEDME UN CABALLO, QUE ME VOY ENSEGUIDA A LA ISLA DE UOTO!
¡NO LO HAREMOS!
¡SI ES POR EL CASTILLO, DEJARÉ A CARGO A TAKEGAMI!
¡NO LO HAREMOS! ¡SE NECESITA LA FIRMA Y EL SELLO DE LA PRINCESA PARA MUCHAS CARTAS!
¡EN CUANTO SALÍS DEL CASTILLO, OS DESPREOCUPÁIS!
¡EN CAMBIO, SI OS QUEDÁIS, NO ELUDIRÉIS EL TRABAJO!
¡GRR!

ISLA DE UOTO.
¿SE NIEGA ROTUNDAMENTE A HACERME UN MUÑECO DE MI HIJO?
LE RUEGO QUE ME DISCULPE, PERO NO TRABAJO PARA SAMURÁIS.
LE DEVUELVO LA PLATA.
¿NI SIQUIERA QUIERE HABLARLO, SR. TSUJIMURA?
NO LE ESCUCHARÉ.
ESTO ES SOPORÍFERO.
LO SIENTO, PERO DEBO MARCHARME.
¡SR. TSUJIMURA!

¡QUÉ RÁPIDO HA IDO! ¿YA ESTÁ?
PERDONE, PERO ¿PODRÍAMOS REGRESAR YA?
NADA MÁS FÁCIL.
ME HAN GUSTADO MUCHO LAS MARIONETAS.
Y LOS BONIATOS ENCURTIDOS ESTABAN DELICIOSOS.
RETIRÉMONOS DEPRISA.
ÚLTIMAMENTE, LAS ISLAS SON PELIGROSAS.
¿HA PASADO ALGO?
MIRA AQUELLO.

ES LA ISLA RYUGAN.
SON LAS RUINAS DEL CASTILLO NAVAL DE LAS YA DESAPARE-CIDAS FUERZAS NAVALES DE URAKAMI.

HACE 8 AÑOS (AÑO 16 DE LA ERA TENSHO), PARA CONSEGUIR LA HEGEMONÍA DEL TRÁFICO MARÍTIMO,
HIDEYOSHI TOYOTOMI PROMULGÓ UNA LEY QUE PROHIBÍA LA PIRATERÍA Y SEGÚN LA CUAL...
...SE CONSIDERABA DE LA MARINA A AQUELLOS QUE SE PONÍAN AL MANDO DE HIDEYOSHI...
Y PIRATAS A AQUELLOS QUE NO SE SOMETÍAN A SU MANDO.
EL CASTILLO NAVAL ...
FUE DERRIBADO ...
Y MUCHOS DE LOS MARINEROS FUERON PERSEGUIDOS.
¿Y LOS MARINEROS PERSEGUIDOS
SE CONVIRTIERON EN PIRATAS AUTÉNTICOS Y SE AMOTINARON?
NO SÓLO ESO.

HACE 13 AÑOS,
UN BARCO MERCANTE ESPAÑOL SE INCENDIÓ Y SE HUNDIÓ CERCA DE AQUÍ.
?
EL ALMIRANTE DE LAS FUERZAS NAVALES, MATAZAEMON URAKAMI, MURIÓ ENTONCES, PERO...
...CORRE EL RUMOR DE QUE MATAZAEMON HABÍA PAGADO POR ADELANTADO A LOS ESPAÑOLES...
...UNA GRAN SUMA DE DINERO Y SE HABÍA HECHO CON UN TESORO ENORME.
¿ESTABA EN EL BARCO QUE SE HUNDIÓ?
¡NO! NO HABÍA NADA.
EL TESORO NO ESTABA NI EN LA TESORERÍA DEL CASTILLO NAVAL NI EN NINGÚN SITIO.

NO OBSTANTE, DE LA TESORERÍA DEL CASTILLO
HABÍA DESAPARECIDO LA GRAN SUMA DE DINERO QUE SE HABÍA PAGADO A LOS ESPAÑOLES.
ENTONCES, ¿DÓNDE ESTABA EL TESORO?
¿ACASO LOS PIRATAS BAILAN AL SON DE ESA LEYENDA ABSURDA?
AL CONTRARIO, LAS CORRIENTES INTRINCADAS DEL MAR INTERIOR,
TRECE AÑOS DESPUÉS, TRAJERON UN REGALO.
NADIE SABE NI POR DÓNDE NI CÓMO FUE A LA DERIVA ...
PERO HACE UNOS DÍAS LLEGÓ UN ARMARIO DEL BARCO MERCANTE ESPAÑOL.
DE DENTRO SALIÓ UN DIARIO DEL PADRE FLORIS DE HISPANIA.
¿CREE QUE HABÍA ALGO ESCRITO ALLÍ?

¿DECÍA DÓNDE SE HALLABA EL TESORO?
TODO ES UN RUMOR.
SI ESE DIARIO EXISTE REALMENTE, QUIZÁ ALGUIEN LO TIENE.
PERO JUNTO AL RUMOR,
LOS PIRATAS SE ESTÁN MOVIENDO, AL ACECHO DE ALGO.
GENZO ...
SÍ.
NO ESTOY INTERESADO EN TESOROS ABSURDOS Y COSAS ASÍ...
PERO PARECE QUE, DE ALGÚN MODO, ME HE EN-REDADO EN UN EMBROLLO.
¿Y POR QUÉ, JOVEN?

Relato del Marionetista - 8 - 1ª parte - Fin.

¡¡MUE-
RE!!
!!
?!
¡UGH!
?!
¡ARGH!
THACK

¡¿LO HAS VISTO, NECIO?!
¡SI NO HACES CASO DE LO QUE DIGO,
MORIRÁS!

2ª parte
EL PESCADOR APARECIDO
DONDE EL MARIONETISTA BUSCA EL
TESORO ESCONDIDO DE LA MARINA
Relato del Marionetista 8

¡OH, SR. CHIYOMARU!
...
¡EL HIJO DE TSUKUDA...
ESTABA SIGUIENDO A ESA GENTE!
¿¡LISTOS, GUARDAS?!
¡PODÉIS MATAR A ESOS PIRATAS! ¡QUE NO ESCAPE NI UNO!
¡MANTENED LA DISTANCIA Y DISPARAD FLECHAS ENCENDIDAS!
¡AL SUELO, ANCIANO!
HUM.
GENZO, ¿QUÉ PASA?
NO ES TAN MALO COMO CREÍA...
PLÁSTICAMENTE...
¿QUÉ?
SI NO FUERA UN HOMBRE, QUERRÍA LA FORMA DE SU CUERPO Y DE SU CARA A TODA COSTA.
¡LASCIVO HURAÑO!
¡Y VOSOTROS, SI NO OS TUMBÁIS TAMBIÉN OS DISPARARÉ!
....

¡VENGA, DISPARA TUS FLECHAS ENCENDIDAS!
¡ESTO TAMBIÉN ARDERÁ!
ESTO...
ES EL DIARIO DE FLORIS, DONDE ESTÁN ESCRITOS LOS HECHOS OCURRIDOS HACE TRECE AÑOS.
SI LO QUIERES, TENDRÁS QUE VENIR HASTA AQUÍ.
ES EL DIARIO DEL QUE HABLAN ...
¡¿HAY ALGO ESCRITO EN ÉL?!
¡¿QUIÉN DIABLOS ERES?!
BIS BIS
DIGAMOS QUE SOY EL LEÓN NEGRO.
SALVO ESO, NO TENGO NADA MÁS QUE CONTESTAR.
JU, JU, JU.

¡NO NOS QUEDA MÁS REMEDIO QUE ATACARLES CON LAS ESPADAS!
¡ACERCAD EL BARCO!
¡¡JEFE!!
¡NO DEJE QUE EL PIRATA LE ENGAÑE!
¡NO IMPORTA!
PLASH PLASH PLASH PLASH
NUESTRO DEBER
ES CONSEGUIR EL DIARIO Y COMPROBAR CUÁL ES SU INTENCIÓN.
PERO ...
AHORA.
FRSH
FRSH
¡ATACAD!
FIUU
FIUU
FIUU

SLASH
¡BOM-
BAS DE
MANO*!
*BOMBAS LANZADAS CON LA MANO QUE USABA LA MARINA EN LA ÉPOCA DE LAS GUERRAS CIVILES.
¡¿QUÉ?!
BUUUMBA
BUUMBA

¡UAAAAH!
¡SR. CHIYOMARUU!
SLASH
¡SR. CHIYOMARUU!
SPLAAASH
¡ÉCHEME UNA MANO, ABUELO!
¡¡GENZO!!
POW
SPLAAAASH

¿EH?
FRAAASH
¡ESTI-
RAD!
¡ACER-
CAD EL
BAR-
CO!
¡RÁPIDO,
HAY QUE
RAPTAR
A LA MU-
JER!
ZUOOOM
ZUOOOM
¡OT-
SURU!
¡LA
LUZ!
ZAS
¡GEN-
ZO!
PARA
ALLÁ!
¡VOY
¡¿Y QUÉ
HARÁS SI
SUBES A
BORDO,
TONTA?!
?!
¡VEN!

ZIS
¡AUUUH!
BOING
¡JE, JE!
OTSURU, OCÚPATE DEL ANCIANO.
TUDS
¡UOOOH!
¡VENGA, LANZAOS!
FRUOSH
!!

¡MUE-
REEE!
¡UGH!
GÑÑ
SLASH
ZIS
¡A A H!
TAP
¡¿CREES QUE TE DEJAREMOS ESCAPAR?!
SWASSSH
¡ES-PERAD! ¡NO LE PERSI-GÁIS!
LEÓN NEGRO, HEMOS CAPTU-RADO A LA MUJER.
¡BIEN HECHO! ¡TRAED-LA!

TÚ,
¿ERES KIYONE URA-KAMI, LA ÚNICA HIJA DE MA-TAZAEMON URAKAMI?
SI ERES SINCERA, TE SALVARÉ LA VIDA.
¡DEJA QUE TE VEA...
JU, JU
...LA CA-RA!
OJO
OJO
IDIOTA

¡IM-BÉ-CI-LES!
¡OS HABÉIS DEJADO ENGAÑAR POR ESTE TRUCO ESTÚPIDO!
TUMP
FLASH
IDIOTA
¿EH?
¡UAAAAH!
BRUUUMBA

FRSSSSH
SPLASSH
FLUOOOOSH
FRSSSH
¿ESTÁ BIEN, SR. CHIYO-MARU TSU-KUDA?
CHI-YOMA-RU...

TE MIRE COMO TE MIRE, TÚ...
SE ME ESTREMECE EL CORAZÓN.
AUNQUE NO ME LO PIDIESEN, ME HAN ENTRADO GANAS DE HACER TU MUÑECO.
JU, JU, JU.
?!
ÑAC
¡¿QUÉ HA SIDO ESO?! EL MISMO INDICIO DE HACE UN RATO...
CHAP

QU ...
¡¿QUÉ ES ESO?!
¡UAAAAAH!
FLUOSSSH
BLUOBS
BLUOBS
BLUOBS
BLUOBS

¡QUÉ!
¡UH!
¡UGH!
BLUBBS BLUBBS
BLUBBS BLUBBS

¡PRIN-CESA!
PRINCESA KIKU.
¿HASTA CUÁNDO PENSÁIS DORMIR?
POM POM POM
¡YA SON LAS DOCE DEL MEDIODÍA PASADAS!
ENTRARÉ SIN PER-MISO.
POR ALGO SOY UN GUARDIA.
¡¿QUÉ HA SIDO DEL JUEZ SHUME MATSUI?! ¡SE DESMORA-LIZARÁ!
FRASH FRASH
¡PRIN-CESA!
¡DEJAOS DE TON-TERÍAS Y LEVAN-TAOS!
ZAS

¡SHU-ME!
MNG.
MNG.
MNG.
¡ES-TÚ ...
...PI-DOOO!

AQUÉLLA ES LA ISLA DE UOTO.
ES UNA ISLA PEQUEÑA, CON UNOS SETECIENTOS HABITANTES.
EN EL PASADO ERA LA BASE DE LAS FUERZAS NAVALES DE URAKAMI,
Y PARECE QUE EL TERRITORIO SIGUE SIN PERTENECER A OTRO SEÑOR FEUDAL.
¿O SEA QUE LA ISLA ESTÁ BAJO EL DOMINIO DEL CABEZA DE LA FAMILIA URAKAMI?
CON LA MUERTE DEL CABEZA DE FAMILIA HACE 13 AÑOS,
LOS KURUSU, UNOS PARIENTES CERCANOS, ACTÚAN EN SU NOMBRE.
DE TODOS MODOS, COMO LAS FUERZAS NAVALES YA NO EXISTEN,
SE DEDICAN A NEGOCIOS COMO LAS SALINAS, LA PESCA Y LOS CARGUEROS.
ESE VIEJO MISERABLE DE HIDEYOSHI LES HA CONCEDIDO MUCHA AUTONOMÍA, ¿NO?

PU- PUES ...
?
SE- SEGÚN LOS RUMORES ...
HIDEYOSHI
LA CABEZA ACTUAL DE LA FAMILIA, MARÍA KURUSU, ES MEDIO PORTUGUESA DE SANGRE
¡Y PARECE QUE TIENE LAS TETAS MUY GRANDES...
PUAJ.
TODOS LOS HOMBRES SON UNOS GILIPOLLAS!
PARA GOBERNAR EN NOMBRE DE LA FAMILIA,
FINGE ESTAR ENAMORADA DE ÉL.
Y, ENCIMA, SE VE QUE LOS NINJAS DE LAS FUERZAS NAVALES SE HAN CONVERTIDO EN PIRATAS Y ARMAN MUCHO JALEO.
LA ISLA DE UOTO ES PELIGROSA.
¿Y CUÁL ES ESA ISLITA QUE HAY JUNTO A UOTO?
ES RYUGAN.
PARECE QUE AHÍ ESTABA EL CASTILLO DE LAS FUERZAS NAVALES DE URAKAMI,
PERO DICEN QUE AHORA SON UNAS RUINAS QUE LOS PIRATAS USAN COMO GUARIDA...

* UOTO: SIRENA, RYUGAN: ROCA DE LOS DRAGONES (N. DE LA T.).

¡AUUH!
¡JA, JA, JA, JA!
¡HAN SALIDOO!
¡E-ESPERAAAD!
¡PRINCESAA!
KI...
¡KIKUUUU!
¡PRINCESAA!
¡UUH!
¿EH?

Relato del Marionetista - 8 - 2ª parte - Fin.

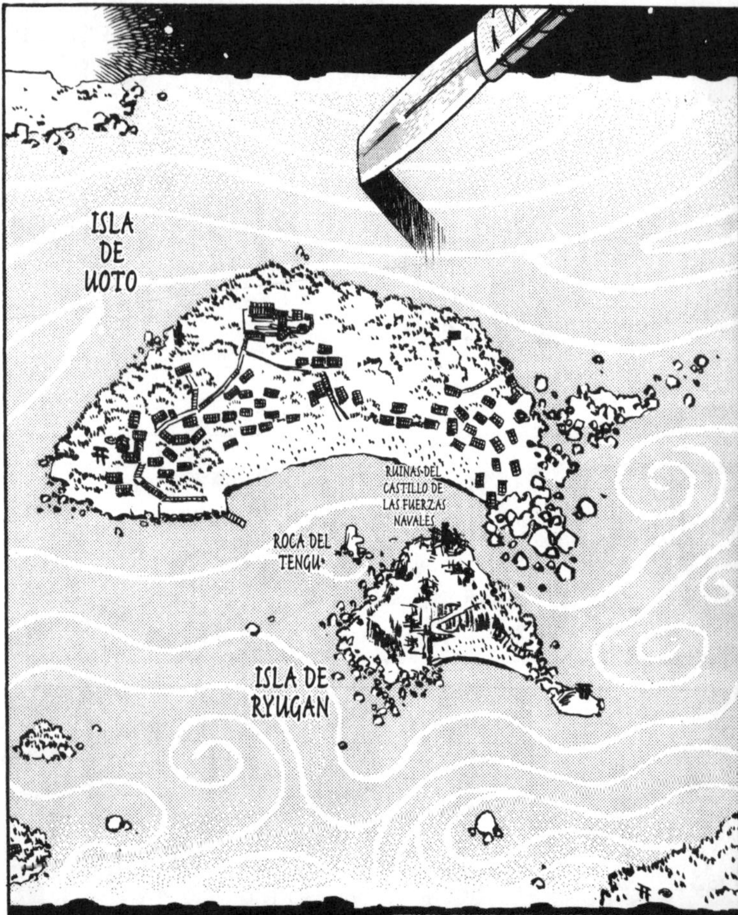

* TENGU: DUENDE DE NARIZ LARGA (N. DE LA T.).

3ª parte

LA HIJA QUE QUEDÓ

DONDE EL MARIONETISTA BUSCA EL TESORO ESCONDIDO DE LA MARINA

Relato del Marionetista 8

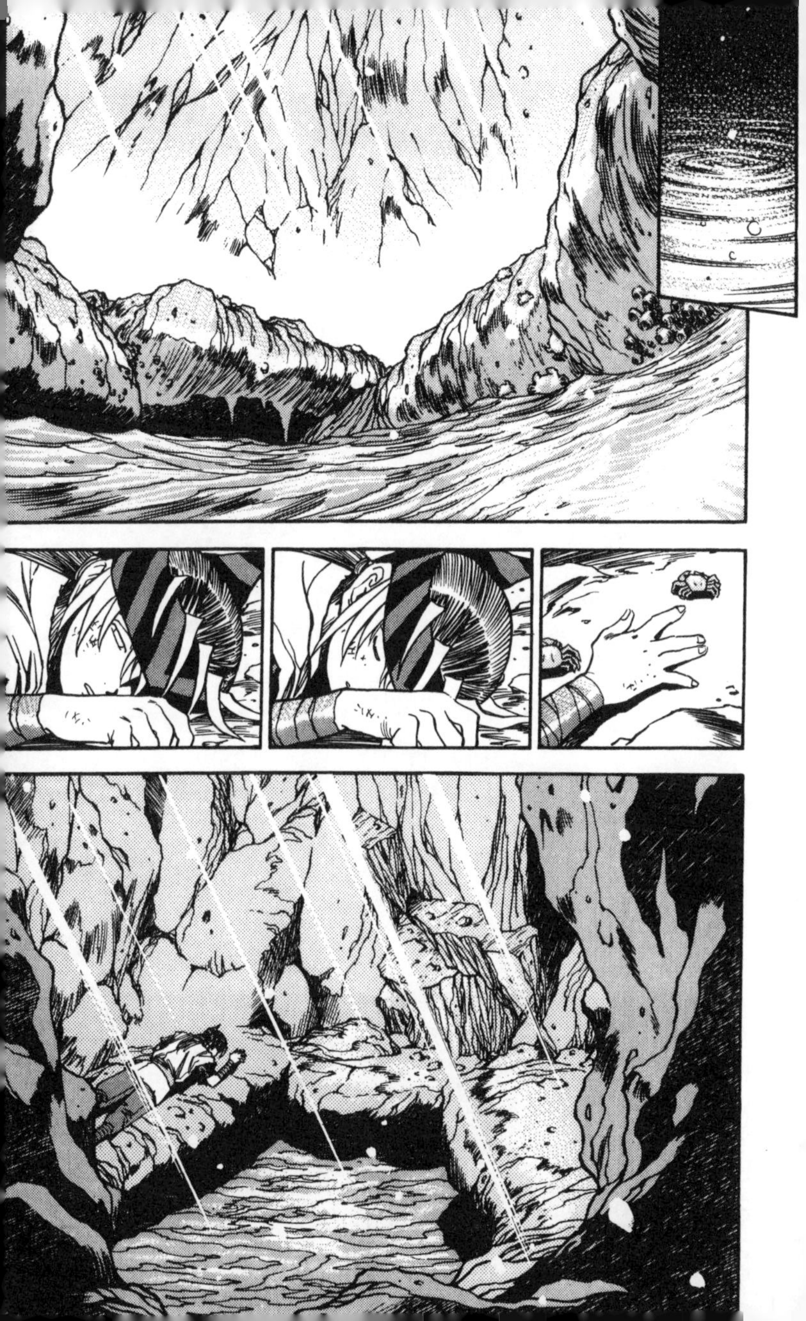

¿DÓNDE DEMONIOS ESTOY?
QUÉ DO-LOR ...
¿QUÉ ME HA PASA-DO?
ALGO ME MORDIÓ Y ME HUNDIÓ EN EL MAR...
UUH.
!
UH. UUH.
CHAP
CHAP

¡CHIYO-MARU!
¡AGUAN-TA!
UUH.
¡UUH!
LAS HERIDAS DEL HOMBRO Y DEL VIENTRE SON MÁS PROFUNDAS DE LO CREÍA ...
SPLASSH
¿T-TÚ ERES...
EL VISITAN-TE?
SÍ, SOY GENZO TSUJIMU-RA.
ME GANO LA VIDA HACIENDO MARIONETAS ABURRIDAS.
¿MARIO-NETAS?
UUH.
EN EFEC-TO.
VINE DESDE LA BAJA HA-RIMA PARA HACER UNA MARIONETA VIVA DE TI.
?!
CUANDO TE HAYA CURADO TE DIRÉ SI LA HARÉ O NO.

N-NO TE PREOCUPES.
¡PARA! ME CURARÉ YO SOLO...
NO HAGAS ESFUERZOS.
TANTA MODESTIA Y PACIENCIA
NO SON TÍPICOS DE UN HOMBRE.
¿AH, AH, NO?
NO TIENEN POR QUÉ NO SERLO,
TONTO.
CHAS CHAS CHAS
ES MENTIRA.
SER HOMBRE O MUJER NO TIENE NADA QUE VER.
PLIK
¡¡PA-PA-RA!!
¡O TE DERRIBO DE UN GOLPE!
SOY TERRIBLE CUANDO ME HACEN ENFADAR ...
BASTA ...
FRUS
TIS
TIS
TE LO RUEGO ...

ME DA VER-GÜEN ...
¡NO!
POR FA-VOR, NO MIRES.
¡AY! ¡QUÉ VER-GÜEN-ZA!
ME DA ...
MUCHO CORTE ...
ERES HERMO-SA.

FRISH
¡UGH!
NO LO ENTIEN-DO.
¿POR QUÉ OCULTAS ALGO TAN BELLO?
UH ...
¿POR QUÉ ...?

ISLA DE UOTO.
BANG
CRASH
BANG

CRASSH
TSHUNG
BAAAANG
EL SIGUIEN-TE.
SÍ.
HUM
PLANK

¡¿HASTA CUÁNDO TENDRÉ QUE ESPERAR
PARA LOGRAR ALGO CON MÁS PRECISIÓN?!
PLANK
BRIIN
L-LO LAMENTO...
CRASSSH
¡NO HAGÁIS MÁS FUSILES DE MECHA!
¡DEDICAOS SÓLO A AQUELLO!
¡A SUS ÓRDENES!

TIENE USTED UN MAGNÍFICO AIRE DE MONARCA, MARÍA KURUSU.
¿CON "AQUELLO" SE REFERÍA A LOS CAÑONES?
CUANDO LLEGUE EL MOMENTO,
...LES ENCARGARÉ UNA GRAN CANTIDAD DE PÓLVORA.
NOSOTROS, LA COMPAÑÍA DE JESÚS, RECIBIMOS EL APOYO DE LOS COMERCIANTES PORTUGUESES.
EN CUANTO RECIBAMOS EL PAGO, PODEMOS PEDIRLES LA CANTIDAD QUE SEA.
...
ESO SERÁ EN CUANTO ENCUENTRE EL TESORO.

EN EL MUNDO DE AQUELLOS TIEMPOS,
HABÍA DOS PAÍSES MUY PODEROSOS.
PORTUGAL
ESPAÑA
ERAN PORTUGAL, CUYAS COLONIAS AUMENTABAN EN EL ESTE,
...Y ESPAÑA, QUE SE EXTENDÍA POR EL OESTE.
CAMBIA SEGÚN EL PERÍODO.
EN REALIDAD, ES MUCHO MÁS COMPLICADO.
FRANCIA
COMO SABÉIS, ESTOS DOS PAÍSES DE LA PENÍNSULA IBÉRICA SIEMPRE ESTABAN EN CONFLICTO.
PORTUGAL
ESPAÑA
MARRUECOS
ARGELIA
EN LA ÉPOCA DE LAS GRANDES TRAVESÍAS, SE LE PIDIÓ AL PAPA DE ROMA QUE TRAZARA UNA LÍNEA DIVISORIA EN LOS TERRITORIOS DE TODO EL MUNDO.
PERO ESO NO PUSO FIN A LOS CONFLICTOS...

SINO QUE HIZO QUE LA EVANGELIZACIÓN SIGUIERA AL DOMINIO DE LAS COLONIAS Y AL COMERCIO.
ESTABAN, POR EJEMPLO, LA COMPAÑÍA DE JESÚS, DE ORIGEN PORTUGUÉS,
Y LA ORDEN FRANCISCANA, DE ORIGEN ESPAÑOL.
EN CUANTO A JAPÓN, EN AQUELLA ÉPOCA...
...EL VATICANO DECIDIÓ QUE LA EVANGELIZACIÓN DE JAPÓN LA LLEVARÍAN A CABO LOS JESUITAS,
DE MODO QUE, SIN NADA QUE TEMER, COMERCIÓ CON LOS PORTUGUESES, OFRECIÉNDOLES MERCANCÍAS ASIÁTICAS.
¿Y QUÉ QUERÍAN LOS JAPONESES?
PÓLVORA.

EN AQUELLOS TIEMPOS, JAPÓN ERA UNO DE LOS PAÍSES CON MÁS FUSILES DEL MUNDO
Y ALLÍ NO SE FABRICABA PÓLVORA.
POR ESA RAZÓN, MUCHOS SEÑORES FEUDALES SE HICIERON CRISTIANOS
PARA LOGRAR HACERSE CON EL COMERCIO, QUE SE HABÍA UNIFICADO CON LA EVANGELIZACIÓN.
Y BIEN, ¿HAS ENCONTRADO A ESOS TIPOS EXTRAÑOS?
LO LAMENTO MUCHÍSIMO, PERO NECESITARÉ UN POCO MÁS DE TIEMPO...
¿NO ME DIGAS QUE SON ESPÍAS DE TOYOTOMI O DE TOKUGAWA?

NO,
PARECE SER QUE UNO ES UN MARIONETISTA QUE SUGOROKU TSUKUDA HA HECHO VENIR DESDE LA BAJA HARIMA.
¡¿UN MARIONETISTA?!
¡TRÁEME A SUGOROKU!
¿Y CHIYOMARU?
AÚN NO LE HEMOS ENCONTRADO...
¡LO LAMENTO MUCHO!
ADEMÁS, AÚN NO HEMOS ENCONTRADO EL DIARIO DE FLORIS.
¡PE-PERO...!
¡BUSCADLE!
EL DIARIO NO IMPORTA.
SÓLO HAY DOS COSAS IMPORTANTES EN ESE DIARIO.
¡SI KIYONE, LA HIJA DE MATAZAEMON URAKAMI, SOBREVIVIÓ...!
¡Y SI LE FUE CONFIADO EL TESORO A ESA KIYONE!

¡DESPUÉS, SÓLO QUEDA BUSCAR A KIYONE!
CHAP
CHAP
UH ...
UUUUH.
...
¡UGH!
CLINK
CLINK
CLINK

¿NO HAY NINGUNA SALIDA?
HOLA, ¿TE HAS DESPERTADO?
AH, SÍ.
YO ...
ESTO ...
ERES HERMOSA.
VERÁS ...
ES QUE ...
FUOM
¡¿QUÉ PASA, ESTÁS BIEN?!
HAS SANGRADO BASTANTE, ASÍ QUE DEBERÍAS DESCANSAR.
OH... UH...

DE TODOS MODOS, HE DE BUSCAR UN MODO DE SALIR DE AQUÍ.
CHIYOMARU, ¿SABES DÓNDE ESTAMOS?
OH.
UH ...
FUOM
E...
ESTAMOS EN LA ROCA DEL TENGU.
LA SALIDA ES POR AQUÍ.
CLONK
¿QUÉ?

ESTE LUGAR ...
¿SON LAS RUINAS DEL CASTILLO DE LAS FUERZAS NAVALES?
¿Y AHORA QUÉ PASARÁ?
ESTO ...
¿DESDE CUÁNDO SABES QUE SOY UNA MUJER?
¿Y CÓMO PUEDES DECIR QUE SOY HERMOSA, SI ESTOY LLENA DE CICATRICES DE QUEMADURAS?
ESO ...

Relato del Marionetista - 8 - 3ª parte - Fin.

4ª parte

LA CRUZ ENCONTRADA

DONDE EL MARIONETISTA BUSCA EL TESORO ESCONDIDO DE LA MARINA

PADRE
...

...
¿NO HABÉIS OÍDO ALGO?
LO SIENTO, PERO YO NO HE OÍDO NADA.
UN MARIONE-TISTA QUE USA LA MAGIA RONDA POR AQUÍ.
NO OS DESA-NIMÉIS.
SI LE ENCON-TRÁIS, MATADLE ENSEGUI-DA.
SI VACILÁIS, CAERÉIS EN SU TRAMPA.
¿POR QUÉ LLAMASTE A UN HOM-BRE ASÍ?
QUISIERA QUE ME LO CONTARAS CON CAL-MA.

CON CALMA, ¿EH?
SPLASSSH
GNIC GNIC GNIC
SHING
SHING
SHING

GUARDA SILENCIO, CHIYOMA-RU.
AUNQUE NOS VEA, TU PADRE NO PUEDE AYUDAR-NOS.
E-ESTO ...
YO ...
TRANQUILA, NO ME IN-TERESA TU SECRETO.
EL PRO-BLE-MA
ES CÓMO SEGUIR A ESOS TIPOS.
NO PO-DEMOS IR NADAN-DO,
PORQUE AL NADAR, TU HERIDA SE ABRIRÍA.
¿QUÉ ES ESO?

FRR
FRR
FRRR
FRR
NO SÉ QUÉ HACES, PERO...
UN ESFUERZO EXCESIVO NO TE IRÁ...
CHAP
¡HA VENI-DO!
!!
WUUUUSSSSH

FLUOSSSH
E...
¡ES LA BALLENA!
ES UNA AMIGA DE CUANDO ERA PEQUEÑA,
SE LLAMA KOHAYAMARU.
BLUOBS
BLUOBS
BLUOBS

¡¿QUÉ ÉSTA ES UNA AMIGA TUYA?!
SPLAASSSH
FLUOSSSH
¡AAH!
ES UNA AMIGA MUY QUERIDA, Y LA ÚNICA QUE CONOCE MI SECRETO.
PLOSH
VAYA, ME ALE-GRO.
FLUOSH
AUNQUE ES DIFÍ-CIL DE CREER,
PORQUE FUE ELLA QUIEN NOS TRAJO A LA ROCA DEL TENGU.
LO HIZO PORQUE CREÍA QUE YO AQUÍ ESTARÍA A SALVO.

*ES UN OKIGONDO. AUNQUE ES DE LA FAMILIA DE LOS DELFINES, SE CLASIFICA COMO BALLENA. EN AQUELLA ÉPOCA NO SE SABÍA SU NOMBRE.

¿EH?
TIRI
TIRI

¿QUÉ ES ESO?
TIRI
TIRI
¿QUÉ ES, QUÉ ES?
POP
BUM
¡¿QUÉ?!
FHHHH
¿EH?
FRASH
FRASH
FRASH

¿CÓMO ES ESTA ISLA POR DENTRO?
NO LO SÉ, PORQUE DESDE QUE TUVE USO DE RAZÓN SE ME PROHIBIÓ LA ENTRADA.
FRUS
FRUS
DE TODOS MODOS, BAJA DE AHÍ.
LLAMAS DEMASIADO LA ATENCIÓN.
CHAP
CHAP
COMO LAS BALLENAS NO TIENEN MANOS,
SE ALEGRA MUCHO CUANDO LE RASCO PARA QUITARLE EL SARRO.
SI TÚ TAMBIÉN SE LO HACES, SE HARÁ AMIGA TUYA...
ÑAC
JUGUEMOS UN POCO MÁS.
ME NIEGO A HACERLO.
¡SUELTA, BALLENA IDIOTA!

KII KII

¿ES UN BARCO PORTUGUÉS?
NO, NO LO ES.
¡NUNCA HABÍA VISTO UNO IGUAL!
¡PARECE UN GRAN BARCO JAPONÉS, PERO TIENE TRES PALOS, COMO LAS NAVES OCCIDENTALES!
¡¿Y ESO QUÉ ES?!
¡SON CAÑONES MÁS PEQUEÑOS QUE LOS ESPAÑOLES Y LOS PORTUGUESES!
¡¿PERO CUÁNTOS CAÑONES HAY?!
...
¡NUNCA IMAGINÉ QUE LOS PIRATAS CONSTRUÍAN COSAS ASÍ!
¿QUÉ INTENCIONES TENDRÁN?
¿VENGARSE DE HIDEYOSHI?

¡QUÉ DICES! ¡LOS PIRATAS NO PUEDEN HACER SOLOS ALGO TAN DESMESU- RADO!
POR ESO QUIEREN EL TESORO...
¡FÍJATE! ESTÁN PISANDO FUELLES DE PIE.
ES UNA FUNDICIÓN DE CAÑO- NES.
Y ALGUNOS GOLPEAN EL HIERRO COLADO PARA REFOR- ZARLO.
¡MIRA!
ESAS PIERNAS QUE TRA- BAJAN...
SON LAS MUJERES QUE RAPTARON LOS PIRA- TAS.
¡CHIST!

¡SEÑOR LEÓN NEGRO!
TAP TAP TAP
¡HAN DORMIDO A LOS GUARDIAS!
...
¡MALDITO MARIONETISTA!
¡HA LLEGADO A MI ISLA!
TODOS ALERTA.
NO DEJÉIS ESCAPAR A ESE HOMBRE.
¡UGH!

BIEN.
LO SENTIMOS PROFUNDAMENTE, SEÑOR LEÓN NEGRO.
ESTOY SEGURO DE QUE OS ORDENÉ QUE BUSCARAIS POR LA CASA DE SUGOROKU TSUKUDA.
VERÁ ...
?!
¡MIRE AQUELLO!

!!
?
!!
¡ES LA CRUZ DE KIYONE,
DONDE ESTABA EL DIARIO DE FLORIS!
¡OH!
CUANDO REGISTRAMOS CADA RINCÓN DE LA CASA DE SUGOROKU TSUKUDA...
ESTABA SOBRE EL TECHO...
¡IMBÉCIL! ¡¿QUÉ HACÍA ESO EN TU CASA?!
¡UGH!

¡N-NO LO SÉ! YO NUNCA...
¡JU, JU, JU!
!!
¡VAYA! ¡¿ASÍ QUE ERA ESO?!
¡¡NOS HAS ESTADO ENGAÑANDO DURANTE TRECE AÑOS, IMPRUDENTE!!

¡ES-
CU-
CHAD-
ME
BIEN!
¡QUIERO
QUE EN-
CONTRÉIS
A CHI-
YOMARU
TSUKUDA!
¡UAAAAAH!
?!
!!
¡UUUUH!
¡¡KO-
HAYA-
MARU!!
FLUOSSSH
FLUOSSSH

¡MIER-
DA DE
BICHO!
KIII KIII
CHAP
CHAP
KIII
THACK
¡NOOOOO!

KH

¿ASÍ QUE TE OCUL-TABAS AHÍ?
CHIYO-MARU.
NO ...
¡KIYONE URAKA-MI,
HIJA DE MATA-ZAEMON URAKAMI!

¡CAPTURAD A KIYONE!
¡SE ACABÓ LA FARSA!
¡SÍ!
¡ERES TÚ, KURUSU, LA QUE ESTÁS TRAMANDO ALGO!
¡Y-YO SOY CHIYOMARU TSUKUDA!
ZIS
¡SALTA AL MAR, CHIYOMARU!
¡HUYE!
¡UOH!
PLAF
¡¿UGH?!
PLAF
¡UGH!
PLAF

BANG
¡IM-
BÉ-
CIL!
BUUM
!!
¡NOOOO!

Relato del Marionetista - 8 - 4ª parte - Fin.

¡ANIQUI-
LADLE
DE UN
GOLPE
PARA
QUE NO
NOS EN-
GAÑE...
...CON
SU MA-
GIA!
¡BIEN!
¡QUÉDESE
TRAN-
QUILO!
¡ESTA VEZ
NO PERDE-
REMOS EL
TIEMPO!
¡BASTA!
¡ESTE HOM-
BRE NO
TIENE NADA
QUE VER!
NO OS
METÁIS
CON ÉL
...

¡APARTA!
¡UGH!
¡QUÍTATE DE EN MEDIO!
¡DESPUÉS YA VERÁS CÓMO TE MIMO!
PLANK
¡URGH!
TUMP
?!
¿QUÉ?
¡AAH!

5ª parte

EL MARIONETISTA ACORRALADO

DONDE EL MARIONETISTA BUSCA EL TESORO ESCONDIDO DE LA MARINA

Relato del Marionetista 8

¡JE, JE, JE!
¡AAAAAH!
¡UAAAAH!
¡UGH!
¿QUÉ?
¡VA-MOS!
¡¿HUM?!
¿CÓ-MO?

¡UAAAAH!
TAP TAP TAP TAP TAP TAP TAP TAP TAP
¡JE, JE, JE, JE, JE, JE!
¡AAAAH!
¡HU... HUYA, POR FAVOR, SRA. KURUSU!
¡ES-TÚPIDO!
¡NO ES MÁS QUE EL MARIONETISTA! ¡¿POR QUÉ PIERDES LA CALMA?!
¡ES UN MUÑECO LLENO DE PÓLVORA!
¡SI LO TOCAMOS, ESTALLARÁ!
¿QUÉ? ¡APARTA, IMBÉCIL!

¡YA LE DARÉ YO!
¡UGH!
¡HUID!
¡CHIYOMARU, SR. TSUJIMURA!
¡PADRE!
¡MUERE, MARIONETISTA!
BRIIIN
¡UAAAH!
¡UGH!
SLASH

¡PAPARE, POR FAVOR!
ESO CAUSARÁ UNA EXPLOSIÓN CON UNA POTENCIA IGUAL A LA QUE USAMOS NOSOTROS PARA HUNDIR LAS NAVES RÁPIDAS...
¡IDIOTA! ¡¿NO TE DAS CUENTA DE QUE ESTÁS CAYENDO EN SU TRAMPA?!
RIIIP
YA QUE ME HAS DESCUBIERTO, CON TU PERMISO, ME QUITO ...
ZIS
¡AGH!
...ESTO.
BUM
¡UAAAH!
¡ARGH, MIS OJOS!
¡SRA. KURUSU!
¡VAMOS, POR AQUÍ!

¡IMBÉCIL, ¿CREES QUE TE DEJAREMOS ESCAPAR?!
¡¿CONQUE NOS HAS ENGAÑADO, EH?!
!
¡AHORA SÍ QUE TE MATAREMOS!
CLASP
TSING
¡¿QUÉ?!

¡ARGH!
¡VA, RÁPIDO, POR AQUÍ!
¡YO ME CO-NOZCO BIEN LA ISLA!
¡MIERDA! ¡A POR ELLOS, LEÓN NEGRO!
PE-PERO ...
DONG
¡ASEGÚRATE DE QUE ESA GENTE NO ESCAPA!
DONG
¡SI NO CONSEGUIMOS EL TESORO DE URAKAMI, NUES-TROS PLANES SE ACABARON!
DONG

DONG DONG
¡DEPRISA! MUY PRON-TO AHÍ AFUERA ...
DONG
DONG DONG
ARF
ARF
ARF
UUGH ...
¡¿ESTÁ BIEN, MARIO-NETIS-TA?!

NO TE PREOCUPES POR MÍ. HUID VOSOTROS DOS.
SI ESTOY SOLO, AÚN PODRÉ ENGAÑARLES.
¡NO! ¡TÚ ME SALVASTE Y ME IMPORTAS MUCHO!
¡AUNQUE MUERA, NO PUEDO ABANDONARTE!
¡SI ES CUESTIÓN DE USAR LA FUERZA, CONFÍE EN MÍ, SR. TSUJIMURA!
LO SIENTO...
¡VENGA, VÁMONOS!
?!
BZA
¡¿QUÉ HA PASADO?!
¡AQUEL MARIONETISTA HA ENTRADO EN LA ISLA!
¡NO PODEMOS DEJARLE ESCAPAR!
BZA
¡REFORZAD LAS SALIDAS!
¡MATADLOS A TODOS MENOS A CHIYOMARU!

ES INÚTIL. NOS HAN CERRADO TODAS LAS ESCAPATORIAS.
AQUÍ HABRÁ GUARDIAS, SEGURO.
SÓLO NOS QUEDA EL CAMINO SECRETO.
TAL VEZ SEAN POCOS ...
LES ENGAÑARÉ.

¿SERÁ UNA TRAMPA?
O...
¡DE TODAS FORMAS, HAY QUE DARSE PRISA! ¡BAJEMOS A LA PLAYA!

EN LA PLAYA DEL NORTE LLAMAREMOS A KOHAYAMARU
Y NOS DIRIGIREMOS A LA PLAYA MALDITA.
PERO...
HAN HERIDO A KOHAYAMARU Y NO PODRÁ NADAR TANTO.
SI ESPERAMOS UN POCO, AMANECERÁ.
ENTONCES SEGURO QUE LOS PESCADORES DE LA PLAYA MALDITA SALDRÁN EN SUS BARCAS.
SUBÍOS A UNA BARCA Y HUID DEL MAR INTERIOR.
¡NI HABLAR! LAS CHICAS DE LA ISLA ESTÁN PRISIONERAS.
¡HAY QUE AYUDARLAS!

¿CÓMO LO HARÁS?
OS ENFRENTÁIS A KURUSU, LA MUJER QUE SE HA APODERADO DE LA CASA URAKAMI.
Y NO SABES SI LOS SIR-VIENTES DE LA FAMILIA URAKAMI TE CREERÁN.
...
EN TODO CASO, TÚ ERES LA ÚNICA HIJA QUE DEJÓ EL CABEZA DE FAMILIA.
¡DEBES SOBRE-VIVIR A TODA COSTA!
¡KI-YO-NE!
BANG

TUMP
¡PADREEE!
?!
PA...

¡TE HAS ATREVIDO A HUMILLARME,
...MARIONETISTA!

VAYA, ¿Y CÓMO FUE?
¡ARF!
¡ARF!
NO TE RECUERDO MUY BIEN ...
¡ARF!
¡¡ID CHARLANDO,
PLANK
...QUE NO OS DEJARÉ REGRESAR CON VIDA!
TIP TIP TIP TIP TIP
!!
!
¡VOSOTROS, NO OS METÁIS!
¡A ESE TÍO LO MATO YO!

¡VETE AL DIABLO, MARIO-NETIS-TA!
¡MA-RIO-NETIS-TA!

¡TÚ, ¿POR QUÉ TE ENTRO-METES?!
¡SI NO TE APAR-TAS, TAM-BIÉN...
FRASH

CLAN
!!
SWASH
TE MA-TA-RÉ!

SSSIP
VO...
VOSO-
TROS
...
!
CLING
¡UAARGH!

SWOOSH
¡AAAARGH!
FUOSSSH
¡¿ESTÁS BIEN, GEN-ZO?!

A VER, YO DIRÍA QUE ERES KIKU...
PLAAAF
¡NO ME JUZGUES POR LAS TETAS! ¡MIRA MI PRECIOSA CARA!
GÑÑ GÑÑ
...
¡ARGH!
E-ESTO ...
¿QUIÉN ERES?
SOY KIKU.
Y HE SACRIFICADO MIS VACACIONES
PARA VENIR EN BUSCA DE ESTE ATONTADO.
PUF

LA ISLA DE RYUGAN,
QUE DICEN QUE ES UNA GUARIDA DE PIRATAS, ME PARECIÓ SOSPECHOSA.
NADA MÁS COLARNOS, MI SOSPECHA SE HA HECHO REALIDAD.
KIKU.
HUM.
YA HABLAREMOS DESPUÉS.
NOS ESPERA UNA BARCA EN LA PLAYA.
¡ERES TÚ, QUÉ SORPRESA!
Y TAMBIÉN EL SR. TSUKUDA Y EL SR. CHIYOMARU...
LO INCREÍBLE ES QUE LOS TRES ESTÁN HERIDOS GRAVES.

TUMP
¿ESTÁ BIEN, JOVEN?
PARECE QUE LE HAN DISPARADO CON UN FUSIL.
POR SUERTE, GRACIAS A LA COTA DE MALLA, LAS BALAS NO LE HAN PENETRADO EN EL CUERPO.
PERO HA PERDIDO TANTA SANGRE QUE SE HA DESMAYADO.
DE TODOS MODOS, DEBEMOS ALEJARNOS DE ESTA ISLA ENSEGUIDA...
CHIST.

¡EY! ¡HAN ATACADO A LOS GUARDIAS DE LAS RUINAS DEL CASTILLO!
¡¿CÓMO?! ¡¿ENTONCES, ESA GENTE HA SALIDO?!
¡A LAS BARCAS!
¡HAY QUE BUSCAR TAMBIÉN EN EL MAR!
¡PREPARAD LAS LUCES Y LAS BOMBAS DE MANO!
OOH OOH
CONFÍEN EN MÍ.
SI NOS DEJAMOS LLEVAR POR LA CORRIENTE, LLEGAREMOS A LA PLAYA AUNQUE NO REMEMOS.
DEPRISA Y EN SILENCIO.
SI NO ESTOY TAN CHOCHO COMO PARA QUE ESOS MOCOSOS NOS DESCUBRAN...
?!
FLUOSH

¡NO OS ES-CAPA-RÉÉÉIS!
¡¿QUÉ?!

CLANG
¡AAAAAH!
¡BASTA! ¡NO IMPLIQUES A ESTA GENTE, QUE NO TIENE NADA QUE VER!
¡CIERRA EL PICO, KIYONE!
¡NO DEJARÉ QUE NINGUNO DE VOSOTROS VUELVA CON VIDA!

¡Y ÉSTE ES EL ÚLTIMO AL QUE PERDONARÍA!
¡AHORA SÍ QUE TE MATARÉ!
¡¡GE-GENZO!!
¡GENZO!
¡NOOOO!
KRUSH
?!

¡HUID TO- DOS!
SPLASSSSH
¡GRRRR!

Relato del Marionetista - 8 - 5ª parte - Fin.

Relato del Marionetista 8

6ª parte
EL PASADO OCULTO

DONDE EL MARIONETISTA BUSCA EL TESORO ESCONDIDO DE LA MARINA

CHI ...
CHIYO-MARU.
CHIYO-MARU ...
¡UUH!
UH ...
¡CHI-YOMA-RUUU!

¡UUUH!
UH ...
HUM.
CLANC
!
¿QUIÉN ERES?
TAP
TAP
¿UN ESBIRRO DEL LEÓN NEGRO?

FASH
!
¡UAH!
FIU FIU FIU FIU FIU FIU
PLOOOOF
¡ARRGH!
AUUH.♥

¡¿QUÉ HA PASADO, OTSURU?!
¿HAS CAPTURADO A OTRO SOSPECHOSO?
¡KIKU!
GENZO SE HA DESPERTADO.
HOLA.
¿DÓNDE DIABLOS ESTÁ CHIYOMARU?
¡NO SALGAS CON ESA PINTA TAN INDECENTE ANTE UNA BELLA DONCELLA!
PLAAAF

CHAN
ESTOS HOMBRES SON DE UOTO...
Y NOS ESTÁN BUSCANDO.
¿LES TORTURO UN POCO PARA QUE CANTEN?
GNAC
NO, NO ME INTERESAN.
PERO SÍ QUIERO SABER POR QUÉ HUIMOS, DEJANDO A CHIYOMARU.
JA, JA, JA.
¡ELLA QUERÍA DARTE LAS GRACIAS AYUDÁNDONOS A HUIR DE ELLOS!
...
BLAM

DE TODOS MODOS, AL OTRO LADO...
¡HE CONSEGUIDO A KIYONE!
¡MATAD A LOS DEMÁS! ¡MATADLES!
¡...HABÍA CUATRO NAVES RÁPIDAS FUERTEMENTE ARMADAS!
CUANDO AMANECIÓ, NOS ATACARON.
SI AHORA ESTAMOS CON VIDA ES GRACIAS AL ANCIANO.
JO, JO, ERES MUY AMABLE, KIKU.
¡JA, JA, JA, Y ENCIMA SOY BONITA!
¿NO SABES QUE KIKU ES UNA PRINCESA, ABUELO?
AUUH.

*FILIPINAS DEBE SU NOMBRE AL REY FELIPE II. ERA TERRITORIO ESPAÑOL, POR SUPUESTO.

VAYA, ASÍ QUE NO SÓLO MOLESTA A LOS MING Y A COREA,
AHORA HIDEYOSHI TAMBIÉN VA TRAS LAS FILIPINAS.
Y TRAS LA INDIA, PORTUGAL E HISPANIA.
¡ESE DESGRACIADO!
EL PROBLEMA ES LA ÚLTIMA DESCRIPCIÓN,
DEL AÑO 11 DE LA ERA TENSHO, EL DÍA EN QUE COMPARTIÓ LA NAVE CON MATAZAEMON URAKAMI.
DICE QUE UNAS CUANTAS NAVES RÁPIDAS CARGADAS DE HOMBRES VESTIDOS DE NEGRO...
...LES ATACARON DE REPENTE A MEDIANOCHE.
¿SERÍA EL LEÓN NEGRO?
DESPUÉS DE ROBARLES VIOLENTAMENTE SEDA Y ALFOMBRAS,
...AL VER QUE APENAS HABÍA ORO Y PLATA, SE ENFURECIERON Y QUEMARON EL BARCO.

EL FUEGO SE EXTENDIÓ POR LA NAVE EN UN SANTIAMÉN,
FRSSSH
Y TODAS LAS VÍAS DE ESCAPE DE LOS QUE ESTABAN A BORDO QUEDARON CORTADAS.
NO OBSTANTE, MATAZAEMON URAKAMI, QUE IBA A BORDO, TUVO UNA IDEA.
TOMÓ UN ESPEJO MÁGICO EN EL QUE ESTABA GRABADA...
...LA UBICACIÓN DE LA FORTUNA QUE HABÍA GANADO EN SUS NEGOCIOS...
Y SE LO CONFIÓ A SU HIJA.

LA ATÓ A LA CRUZ QUE FLORIS VENERA-BA...
Y LA LANZÓ AL OTRO LADO DE LA PARED DE FUEGO, DONDE IMAGINÓ QUE ESTABA EL MAR.

"¿LA HIJA DE URAKAMI LOGRÓ ESCAPAR DE LAS LLAMAS?"
"PERO SI, CON SUERTE, HUBIESE CAÍDO AL MAR, ¿LOS PIRATAS NO SE HABRÍAN DADO CUENTA?"
"Y, ADEMÁS, ¿UN BEBÉ DE DOS AÑOS HABRÍA LOGRADO SOBREVIVIR EN EL MAR?"
"¡DIOS MÍO! TE LO RUEGO, TEN PIEDAD ...
...DE ESA NIÑA DESDICHADA."
PERO NO SOBREVIVIÓ.
NO, MATAZAEMON URAKAMI CONFIABA...
...¡EN QUE KOHAYAMARU SALVARÍA A KIYONE!
LA BALLENA QUE MATAZAEMON HABÍA DOMESTICADO.

ES TAL COMO DICE, SR. TSUJI-MURA.
OH, SR. TSUKUDA, HA VUELTO EN SÍ.
EL JEFE MIMABA MUCHO A KOHA-YAMARU,
LA BALLENITA HERIDA QUE HABÍA PER-DIDO A SU MANADA.
HAY MO-VIMIENTOS INQUIETANTES EN LAS FUER-ZAS NAVA-LES...
SI ME PASARA ALGUNA COSA, TE RUEGO QUE CUIDES DE KOHA-YAMARU Y DE KIYONE.
SÍ.
PERO UN DÍA ...
¡EH! ¡¿QUÉ ES ESO?!
ALLÍ IBA EL JEFE DE INCÓG-NITO...

¡DEPRI-
SA!
¡EMBAR-
CAOS
TODOS!
¡DEPRISA!
¡CORRED!
DONG
DONG
DONG
UAAAH
UAAAH
UAAAH
¡HAY QUE
RESCATAR
AL JEFE!
DEPRI-
SA...
DONG
AQUE-
LLO...

¡EH, SOGOROKU! ¡¿ADÓNDE VAS?!
¡¡SOGOROKU!!
¡¡SOGOROKU!!
¡AQUELLO ES...!
FLUSH
¡BUAA!
¡BUAA!
SE ...
¡SEÑORITA KIYONE!

A ESCONDIDAS,
REFUGIÉ A KIYONE EN MI CASA.
QUÉ QUEMADURAS TAN TERRIBLES PARA UNA NIÑA.
POBRECITA...
¡¿QUÉ VAMOS A HACER?!
...
ESE BEBÉ YA NO ES UNA NIÑA.
ES NUESTRO HIJO CHIYOMARU.
¡¿QUÉ DISPARATE ES ÉSE?!
NO SÉ QUIÉN ES EL ENEMIGO DEL JEFE.
HAGAMOS LO QUE HAGAMOS...
...¡DEBEMOS PROTEGER A KIYONE!

AL PRINCIPIO...
FUE UNA IDEA EXCELENTE.
NADIE LA ACECHABA,
Y LOS DÍAS SE SUCEDÍAN EN PAZ.
PERO ...
POR TEMOR A QUE SE DESCUBRIERA EL SECRETO DE QUE ERA UNA MUJER,
CHIYOMARU SE CONVIRTIÓ EN UN SER SOLITARIO.
AUNQUE A PRIMERA VISTA SE LE VEÍA BRUTO Y ACTIVO,
NO ERA MÁS QUE UNA FACHADA.
ACUMULABA MENTIRAS DÍA TRAS DÍA...
Y NO HABÍA NADIE CON QUIEN PUDIERA SINCERARSE.

LA ÚNICA ...
A LA QUE PODÍA MOSTRAR SU VERDADERA FIGURA ...

...ERA KOHA-YAMARU.
LA SRTA. KIYONE, QUE SÓLO TENÍA A UNA BALLENA COMO AMIGA...
ME DABA MUCHÍSIMA LÁSTIMA...
ESTE AÑO LA SRTA. KIYONE CUMPLE 15 AÑOS,
NO PUEDE SEGUIR ASÍ.
ADEMÁS, YA NO PODEMOS SEGUIR ENGAÑANDO A LOS QUE NOS RODEAN.
FINGIRÍAMOS QUE CHIYOMARU HABÍA MUERTO,
Y LA SRTA. KIYONE SE CONVERTIRÍA EN NUESTRA HIJA ADOPTIVA...

¿POR ESO ME ENCARGÓ QUE LE HICIERA UNA MARIONETA VIVA DE CHIYO-MARU?
PARA FINGIR A LA VISTA DE TODOS QUE CHIYO-MARU HABÍA MUERTO.
AL PRINCIPIO PENSÉ QUE BASTARÍA CELEBRAR UN FUNERAL FALSO...
PERO CUANDO SE ENCONTRÓ EL DIARIO DE FLORIS Y LOS PIRATAS SE PUSIERON DE NUEVO EN MOVIMIENTO,
VI QUE SIN LA AYUDA DE UNA MARIO-NETA NO LES ENGAÑARÍA.

SIN EMBARGO...
LA SRA. KURUSU ES LA CAPITANA DE LOS PIRATAS
Y HA CAPTURADO A KIYONE.
AHORA TODO ESTÁ PERDIDO.
¿Y EL ESPEJO MÁGICO EN EL QUE ESTABA GRABADA LA UBICACIÓN DE LA FORTUNA?
NO LO SÉ.
SI ARDIÓ LA ROPA, TAMBIÉN LO HARÍA EL ESPEJO.
LA NIÑA LLEGÓ TAL COMO VINO AL MUNDO.
¿Y SI LES DIJÉSEMOS A LOS PIRATAS QUE NO TENEMOS EL TESORO?
¿CÓMO SE LO IBAN A CREER?
¿NO SERÍA MEJOR ENVIARLE A HIDEYOSHI UNA PETICIÓN DE REPRESIÓN DE LOS PIRATAS?

PAM
¡IMPOSIBLE!
EN RYUGAN, LA SRA. KURUSU
ESTÁ CONSTRUYENDO UN GRAN BARCO INVENCIBLE...
CON LA MÁS ALTA TECNOLOGÍA DE LOS BARCOS PORTUGUESES.

En aquella época, los cañones sólo disparaban balas de hierro. La armada española tenía cañones grandes que disparaban balas pesadas pero de corto alcance, y perdió ante los cañones calvarin, que disparaban balas que, aunque pequeñas y ligeras, eran de largo alcance.

PERO A PARTIR DE AHORA SEGUIRÉ YO SOLO...
¿QUÉ PIENSA HACER?
PENETRARÉ EN LA ISLA DE RYUGAN,
Y PRENDERÉ FUEGO AL POLVORÍN Y AL GRAN BARCO JUNTOS.
¡NO PUEDE SER! ¡¿QUÉ PASARÁ CON CHIYOMARU?!
ES IMPOSIBLE RESCATARLA.
ASÍ QUE, AUNQUE NO NOS UNA LA SANGRE, PADRE E HIJA...
PADRE E HIJA...

¡UH!
¡UUH!
...
GENZO.
¿Y GENZO?
?!
JU, JU, JU, JU, JU.

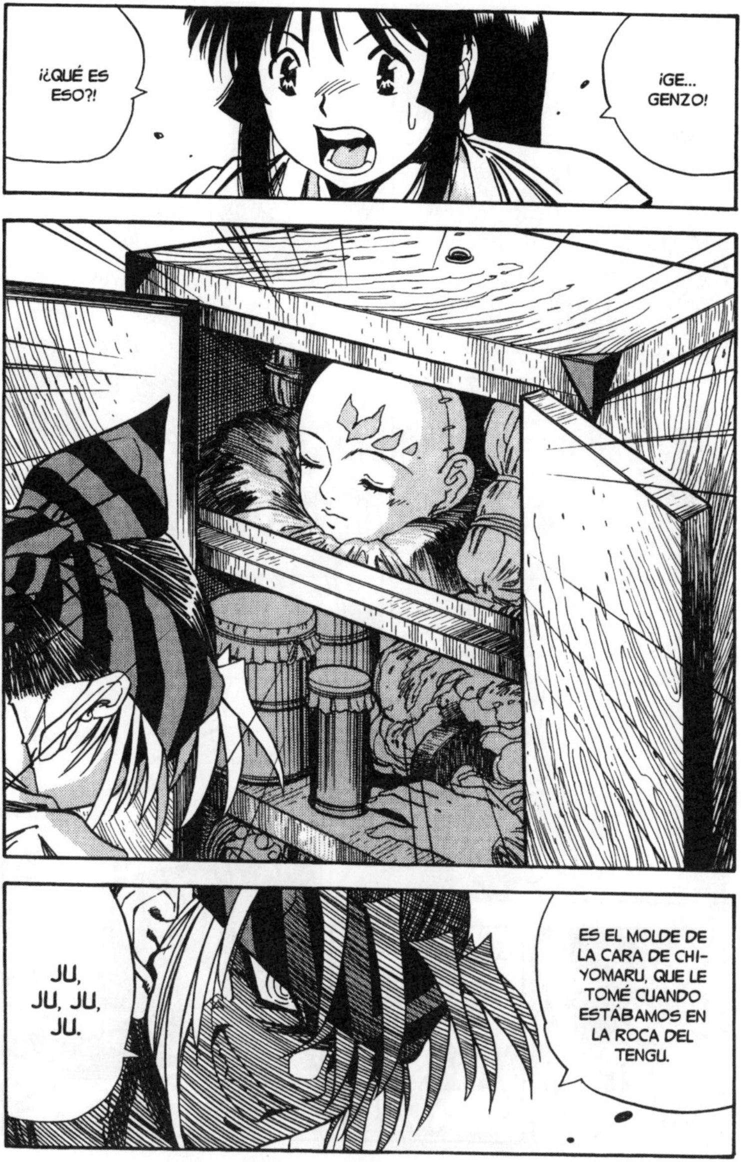
¡GE...
GENZO!
¡¿QUÉ ES
ESO?!
ES EL MOLDE DE
LA CARA DE CHI-
YOMARU, QUE LE
TOMÉ CUANDO
ESTÁBAMOS EN
LA ROCA DEL
TENGU.
JU,
JU, JU,
JU.

¡¡KAGARI! ¡HAY ALGO QUE QUIERO QUE ME HAGAS URGENTE-MENTE!
¡S-SÍ!
¡UN ESPEJO MÁGI-CO!
!
¡AN-CIA-NO!
¡SÍ!
TAMBIÉN RESCATARE-MOS A LAS MUCHACHAS PRISIONERAS DE LA ISLA.
REÚNE A MARINEROS DE CON-FIANZA.
ESO ESTÁ HECHO.

Relato del Marionetista - 8 - 6ª parte - Fin.

GENZO
EL MARIONETISTA

Las eras de Japón

La misteriosa historia de **Genzo** está situada en el antiguo Japón, entre las eras Bunroku y Keicho, pero para nosotros, no muy familiarizados con la historia japonesa, eso no nos dice mucho... Quizá sea el momento de explicar el calendario japonés, aún vigente hoy en día.

Los japoneses utilizan el calendario occidental, el gregoriano, como el resto del mundo, pero aún conservan su antiguo método para contar los años, que está basado en el emperador reinante; no es un sistema obsoleto, ni mucho menos, ya que sigue utilizándose como calendario válido (¡y único!) para muchos documentos oficiales. No es raro ver cómo en muchos documentos y publicaciones hay dos fechas: la occidental y la japonesa... y muchas veces sólo la nacional, con la consiguiente confusión para el lector occidental. Como muchos otros calendarios del este de Asia, esta práctica está basada en la práctica del influyente Imperio Chino, pero el calendario japonés, aunque tiene muchos puntos en común con el coreano o el chino, no es exactamente igual.

La modernización de Japón durante la era Meiji también supuso un cambio en la manera en la que los japoneses nombraban sus periodos de tiempo. Hasta ese momento, los nombres de las eras podían cambiar de nombre por diversos motivos:, desastres naturales, ascensiones al trono, etc. Pero a partir de la era Meiji en adelante (hasta nuestros días, en realidad), la era toma su nombre del emperador reinante, y sólo cambia entonces; además, dura lo mismo que el reinado del

Castillo de Osaka

emperador en curso, de ahí que su extensión sea muy variable, ya que depende del tiempo que cada emperador se mantenga en el trono. Además, tras la muerte de un emperador, se habla de él como emperador de la dinastía en la que reinó (es el caso de **Hirohito**, padre del actual emperador, conocido como Showa).

Antiguamente, los japoneses nombraban a sus eras según los sucesos

que las hubieran caracterizado. Por ejemplo, la era Eisho duró hasta 1521, cuando, a causa de varias calamidades, como desastres naturales y guerras, se decidió cambiar su nombre por Daiei.

Pero volviendo a **GENZO EL MARIONETISTA**, este manga está ambientado a caballo entre dos eras, la Bunroku (aproximadamente, del 8 de diciembre de 1592 al 27 de octubre de 1596) y cuyo emperador fue **Go-Yozei**, y la era Keicho (de 1596 a 1615). En esta era acabó el reinado de **Go-Yozei** y empezó el de **Go-Mizunoo**.

Toyotomi

Igual que el caso de la era Eisho y Daiei, el vigésimo séptimo día del décimo mes del año 5 de Bunroku, la era cambió de nombre, de Bunroku a Keicho, a causa de diversos desastres naturales. No hay que olvidar que Japón es un país con una alta actividad volcánica, y propenso a los desastres naturales como terremotos y tsunamis.

Pero, ¿cómo sabemos con tanta exactitud el inicio de la era Bunroku? No siempre se detallaba con tanta precisión el inicio de una era, pero en esta ocasión el cambio fue debido a la ascensión al trono del nuevo emperador, **Go-Yozei**, de ahí que haya documentos que certifiquen la fecha.

Bunroku no fue una era demasiado movida, ya que no mucho antes se había unificado el país. Pero quizá a consecuencia de eso, a que el país estaba en relativa paz y había que dar "trabajo" a los samuráis, en 1592 se produjo la primera invasión a Corea del famoso **Hideyoshi Toyotomi**, el general que consiguió unificar Japón tras casi un siglo de sangrienta guerra civil. En poco más de un mes se hicieron con el control de casi todo el país, pero los coreanos se rebelaron y, con la ayuda de la dinastía Ming, reinante en China, lograron que se retirasen en diciembre del mismo año.

Ya en la era Keicho, **Toyotomi Hideyoshi** decidió volver a intentar

anexionar Corea, pero no tuvo tanto éxito y se encontró con una fuerte oposición, con la resistencia combinada de Corea y China, que le plantaron cara y no le pusieron las cosas tan fáciles. Tras varios años de batallas, como la de Keicho, la invasión japonesa se retiró tras la muerte de **Toyotomi**. Pero este conflicto arruinó a la dinastía china Ming, allanando el camino de los manchús para hacerse con el control del imperio, y destruyó la prosperidad de Corea, que tardó muchos años en recuperarse... algunos dicen que aún arrastraban las consecuencias cuando Japón la anexionó en 1910.

Lo más destacable de este periodo fue la decisión de **Toyotomi** de desarmar a los campesinos, y de que sólo los samuráis pudieran llevar espada. De este modo, tan sólo quien naciera en una familia samuray podría llevar dos espadas, lo que instauró un sistema de clases que se mantuvo durante más de tres siglos.

Toyotomi Hideyoshi

Es una de las figuras históricas más importantes de la historia japonesa. Nacido en Nagoya en 1536, sin antepasados samuráis destacables, y con el nombre de **Hiyoshimaru**. Curiosamente, tenía un defecto genético llamado polidactilia, y tenía dos pulgares en su mano derecha... pero no se lo cortó como solían hacer otros japoneses. Cuando era joven entró a formar parte del clan **Oda**, como un sirviente, pero pronto destacó y consiguió un nombre completo (algo nada despreciable en esa época), **Kinoshita Tokichiro**. A pesar de sus orígenes humildes, se convirtió en uno de los generales de confianza del famosísimo **Oda Nobunaga**, consiguiendo el nombre por el que se le conoce, **Toyotomi Hideyoshi**. Tras la repentina muerte de **Nobunaga**, **Hideyoshi** se hizo cargo de su asesino y en un año se hizo con el control de los territorios de **Nobunaga**, pero no se quedó ahí: sobre 1590 unificó Japón poniendo punto y final a los conflictos que la habían asolado durante años.

Escudo de Toyotomi

Tras este éxito, y ya bajo el reinado de **Go-Yozei**, emprendió la ambiciosa invasión de Corea, con una campaña en 1592, en la era

Bunroku, y otra en 1596, ambas fracasadas. De todos modos, la conquista de Corea era sólo el primer paso para su sueño dorado, la invasión de China... que no había apoyado sus aspiraciones de convertirse en *shogun* (algo imposible debido a su baja extracción social)

Pero aparte de sus ambiciones militares, **Toyotomi Hideyoshi** dejó profundas huellas en la sociedad japonesa. Durante el periodo Sengoku, el anterior al que nos ocupa, era normal que un campesino se convirtiera en samuray o que un samuray cultivara la tierra en épocas de paz. Pero **Toyotomi** prohibió que los campesinos estuvieran armados, lo que originó un nuevo sistema de clases También censó a la población para tenerlos localizados y controlar las bandas de bandidos que asolaban el país, abolió la esclavitud y acabó la construcción del impresionante castillo de Osaka. Pero tras su muerte, el consejo de regentes que creó no pudo mantener a su hijo en el poder...

La era actual

Desde 1989 estamos en la era Heisei, nombre que le dio el emperador actual, **Akihito**, tras la muerte de su padre, **Hirohito**, emperador de Showa. Heisei empezó el 8 de enero de 1989, por lo que nos encontramos en el año 17 de Heisei.

Anabel Espada

Castillo de Osaka

GENZO EL MARIONETISTA

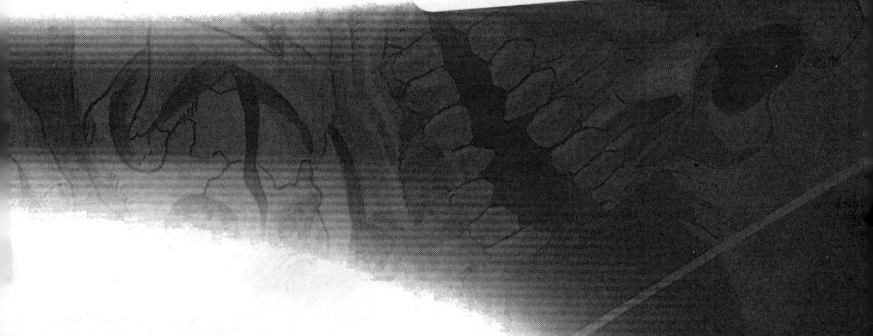

GENZO EL MARIONETISTA nº3
Título original: "Genzo hitogata kiwa volume 3"

First published in Japan in 2002 by Kodansha Ltd., Tokyo.
Publication rights for this Spanish edition arranged through Kodansha Ltd., Tokyo.

Passeig de Sant Joan 7 08010 Barcelona.
Tel.: 93 303 68 20. - Fax: 93 303 68 31.
norma@normaeditorial.com
Traducción: Olinda Cordukes.
Realización técnica: Rodrigo Pereira.
Depósito legal: B-49614-2004 ISBN: 84-9814-078-1
Printed in the EU.

www.NormaEditorial.com